Ye   22619

AUX ENFANS DE FRANCE.

A SON ALTESSE ROYALE

M.ᴳᴿ LE DUC DE BORDEAUX.

MONSEIGNEUR,

Ce n'est qu'après avoir demandé la permis-
sion à votre Altesse Royale que j'ose dédier aux
illustres Enfans de France, ces foibles opuscu-

les. Oui, Monseigneur , il n'appartient qu'aux augustes Enfans de nos Rois , de prendre le noble titre d'Enfans de France.

Qui seroit assez insensé que d'oser donner ce glorieux nom à un sujet quels que fussent ses exploits et les services qu'il auroit rendu ou feint de rendre à la Monarchie ! Qui est celui, dis-je, qui pourroit faire un tel outrage à nos Princes , en leur usurpant un titre aussi juste que légitime ? Il ne sauroit y avoir qu'un ambitieux : J'en ai assez dit là-dessus pour arrêter quelques audacieux qui , affrontant toute espèce de crainte et de pudeur , voulussent se permettre une si étrange et orgueilleuse témérité.

Que chacun se maintienne dans les bornes de son état , et l'on verra qu'il n'y a de vrai bonheur que dans les soumissions aux volontés du Ciel , de nos Princes , dans la modération des plaisirs purs , dans la simplicité d'une vie paisible et dans la pratique de la vertu.

Si les Rois devant qui les peuples doivent être soumis et respectueux , ont dans les Cieux un maître redoutable , les peuples ont à leur tour des maîtres qu'ils doivent aimer , craindre, et honorer.

Impatient de chanter les vertus de notre auguste Roi et ne pouvant plus résister à l'impulsion de mon cœur ni retenir captive ma pensée, je me suis donc écrié , *anche io son pittore !!* Quel sujet plus grand , plus élevé , pourrois-je choisir et peindre avec plus d'enthousiasme que celui qui nous rappelle les bontés de ces Princes que nous avons désiré avec tant d'ardeur , et que la Providence , dans ses trésors inépuisables , a daigné nous conserver et redonner à notre chère patrie d'une manière toute miraculeuse.

Anche io son pittore !! je m'écrierois encore, eh ! n'y aura-t-il que les Lully , les Rossini qui pourront faire de la musique , et nos modernes lyriques qui pourront faire des vers ? N'y aura-t-il que les grands peintres qui pourront manier le pinceau ? N'est-il pas des peintres du second ordre qui parcourent une belle carrière dans l'art de peindre les paysages , d'en représenter naturellement les sites. Bien que ces peintres soient inférieurs à ceux du premier ordre , ils ne seront pas moins estimés et révérés. Je me croirois trop heureux d'imiter leurs frais coloris , leurs touches hardies et faciles. L'oraison sin-

cère de l'habitant des campagnes ne plaît pas
moins au Seigneur que les Cantiques et les
Hymnes les plus éloquens.

Dans cette attente, je crois que le génie de
notre bon Roi et vos Altesses Royales, accueille-
ront le fruit de mes loisirs avec autant de bonté
que les odes de nos grands poëtes.

~~~~~~

EN L'HONNEUR DE SON ALTESSE ROYALE

M.ᴳᴿ LE DUC DE BORDEAUX.

Les Dieux témoins, Prince, de ta naissance,
   Te comblèrent tous de leurs dons ;
Et les destins promirent à la France,
   Un Prince digne des Bourbons.
Digne héritier des vertus de ton père,
   Qui dans les cieux repose en paix ;
Console hélas ! ton héroïque mère,
   Et fais le bonheur des Français.
Ce Prince enfin que le monde révère
   Fut plein de gloire et de vertus,
Il pouvoit seul terrasser la chimère,

Relever nos cœurs abattus.

Prince chéri , notre Ange tutélaire ,
   Présent que nous ont fait les cieux ,
Hélas ! pardonne à ma voix téméraire ,
   Je me croyois parmi les Dieux.
Tu nous fus cher même avant ta naissance ;
   Sans cesse nous faisions des vœux
Pour que le Ciel fit présent à la France
   D'un Prince illustre et valeureux.
Contemple-le , Français , ce jeune arbuste ,
   Il est issu d'un double lys ,
Il sera grand et vaillant comme Auguste ,
   Et pieux comme Saint-Louis.

Je suis avec respect ,

MONSEIGNEUR ,

DE VOTRE EXCELLENCE ,

le très-humble et très-obéissant serviteur,
DE FORNERY ,
Chevalier de l'Ordre Royal et Militaire de St. Louis , ancien Capit. d'Infanterie.
Avignon , 15 *Décembre* 1823.

ODE

CHANTÉE LE JOUR DE LA FÊTE

DE SA MAJESTÉ CHARLES X,

AU GRAND THÉATRE D'AVIGNON.

———

Lᴇ Ciel vient de bénir le plus grand de nos Princes ;
L'huile Sainte a coulé sur le meilleur des Rois ;
Cʜᴀʀʟᴇs fait le bonheur de toutes nos provinces ,
Cʜᴀʀʟᴇs comble nos vœux par d'équitables lois.

Cʜᴀʀʟᴇs est notre Roi , quel sort plus favorable !
Il est de ses sujets l'illustre défenseur ;
Au foible il tend un bras généreux , secourable ,
Il est de l'opprimé le puissant protecteur.

Pourrions-nous trop aimer une tête si chère ,
Qui finit nos malheurs et fixe notre sort ;
Il sera tour à tour , notre Roi , notre père ;
Cet auguste Nocher nous a conduit au port.

C'est un Roi valeureux, c'est un père sensible,
De tous les dons du Ciel son cœur est revêtu ;
Son cœur, source féconde, au malheur accessible,
Est le temple sacré de l'austère vertu.

Où sauroit-on trouver tant d'honneur, de droiture,
Il protége la veuve, il soutient l'orphelin ;
Son âme ferme et grande est d'une foi si pure
Qu'elle le met au rang du pieux Antonin.

Insensé que je suis, quoi ! d'un si grand Monarque,
Oserai-je chanter la gloire dans mes vers !
Hélas ! hélas ! qui peut sur une frêle barque
Essayer de franchir l'immensité des mers.

Je le répète encor, je suis un téméraire,
Excusez mon audace, enfin pardonnez moi ;
Je suis ivre d'amour, et je ne puis me taire ;
Rien ne m'arrête ici : je veux chanter mon Roi !

Ah ! si nous lui devons le repos, l'abondance,
Oui, Français, tu lui dois l'hommage de ton cœur ;
C'est sous son règne heureux en un mot que commence
Un âge plus prospère et notre vrai bonheur.

ODE

CHANTÉE LE JOUR DE LA FÊTE

DE SA MAJESTÉ CHARLES X,

AU GRAND THÉATRE D'AVIGNON.

NOTRE surprise est sans égale ;
De charmes nous sommes ravis ;
Célébrons tous dans cette salle
CHARLES et ses augustes Fils.
Chastes Sœurs, un noble délire
Allume, embrase tous mes sens ;
Accourez, accordez ma lyre,
Venez vous joindre à mes accens.

LOUIS n'est plus, ce digne Père !!!
Il est triomphant dans les Cieux ;
CHARLES X, son auguste frère,
Remplace ce Roi généreux.

Son règne amène l'abondance ,
Notre bonheur , notre repos ;
Il a de l'affreuse licence ,
Éteint les funestes flambeaux.

Antoine sur les pas d'Alcide ,
La fleur des braves , des guerriers ,
A cueilli d'un bras intrépide
D'illustres , d'immortels lauriers.
Sous cette voûte enchanteresse ,
Chantons Charles de toutes parts ;
Tous les Français sont dans l'ivresse ,
Lutèce est le berceau de Mars.

Répétez nos accens lyriques ,
Ils nomment des Princes chéris ;
En chantant leurs faits héroïques ,
Ne célébrons-nous pas les Lys ?
Dans cette fête solennelle ,
Redoublons de force et d'amour ,
Pour notre Roi qu'un nouveau zèle ,
Nous enflamme ici tour-à-tour.

FABLE.

LE LOUP, LE CHIEN ET LES DEUX VOYAGEURS.

Deux amis à cheval, voyageurs fort honnêtes,
Dans une ville alloient faire quelques emplêtes ;
Pour gardien l'un avoit un formidable chien ,
L'autre avoit au contraire un loup pour son soutien ;
Tout en chemin faisant sur la route publique ,
Ils glosoient tous les deux affaire politique.
Le premier s'appeloit Jean-Antoine Martin ,
C'est celui que suivoit le superbe mâtin ;
Le second se nommoit , connu dans son village ,
Le bon fermier Gervais , chéri du voisinage.
Martin d'un ton loyal et plein d'aménité ,
S'adressant à Gervais avec simplicité ,
Lui dit : Pourquoi les Rois , dont les mœurs sont si pures,
S'entourent-ils toujours de traîtres , de parjures?
Pourquoi ! reprit Gervais avec vivacité ,
Parce qu'on ne leur dit jamais la vérité.

Une foule d'ingrats dont fourmille la France ,
Ces ennemis des Rois , trompent leur confiance ;
Gorgés de biens , Dieu sait !....... et d'honneurs revêtus ,
Ils masquent les défauts , noircissent les vertus.
Quand l'un d'eux est atteint de la parque ennemie ,
Ou bien que le destin l'a privé de la vie ,
Des journaux complaisans exaltent ce mortel ,
Ensuite au Panthéon on lui dresse un autel.
Il n'a plus rien d'humain , c'est un Dieu tutélaire
Qu'on invoque , ah ! cela ne nous étonne guère ;
On dote leurs enfans des deniers de l'Etat ,
La gazette du jour en parle avec éclat.
Si la mort de ses coups frappe une tête chère ,
On n'en dit rien du tout , ou l'on n'en parle guère.
Ainsi marche la terre , et les pauvres humains ,
Sont dans ce monde-ci le jouet des destins.
Ne parlons plus des morts , ni de la politique ,
Livrons aux gens d'esprit le champ de la critique ;
La nuit va disparoître et l'aurore à présent ,
Déroule dans les airs son écharpe d'argent.
Quel dogue monstrueux ! quel terrible Cerbère !
Son œil étincelant exprime la colère ;
Qui vous a fait présent d'un si bel animal ,
En vérité jamais , je n'ai rien vu d'égal.
Le mien est courageux et rempli de vaillance ,

Et lorsque sur un loup cet animal s'élance,
Rien ne peut l'arrêter, les dangers ne sont rien,
Dans le fort d'un combat. « Je soutiendrois le mien ;
» Il est fort, vigoureux, mettroit le votre en pièce,
» Ce chien que vous voyez d'une si belle espèce,
» N'est rien moins qu'un gros loup, très-adroit, fort soumis,
» Et les loups sont des chiens les cruels ennemis :
» Mon loup me suit partout et quelque part que j'aille
» Il couche près de moi sur un bon lit de paille,
» Bien qu'il soit l'ennemi des chiens et de nous tous,
» C'est un rare animal et le meilleur des loups.
» Avec lui je m'amuse et badine sans cesse ;
» Qu'ai-je à craindre d'un loup qui toujours me caresse ? »
Ah ! mon ami, tremblez ; cette fatale erreur
Pourroit bien vous causer, Gervais, un grand malheur ;
Vous finirez un jour par être la victime
Du féroce animal votre gardien intime :
Ne vous fiez jamais aux caresses des loups,
Ils sont traîtres, rusés, des loups méfiez-vous.
Si de votre cheval, ah ! vous tombiez par terre,
Que vous n'eussiez le temps d'en saisir la crinière ;
Votre loup aussitôt se jetteroit sur vous,
Il vous dévoreroit comme font tous les loups.
Donnons nos amitiés à ces gardiens fidèles,
De la fidélité les plus parfaits modèles,

Eux seuls méritent tout et notre affection ,
Et notre gratitude et notre attention.
Essayez de jeter votre manteau par terre ,
Vous verrez que le loup ne l'épargnera guère ;
Dès qu'il sera lancé , tombé sur le terrain ,
Vous connoîtrez bientôt ce perfide gardien ;
Aussi prompt que l'éclair , de sa dent meurtrière ,
Il le mettra sans doute en lambeaux , en poussière.
En effet le manteau vole au milieu du champ
Et le loup furieux le déchire à l'instant :
Le dogue qui voulut de l'ami de son maître
Le défendre en bon chien , s'élance sur le traître ,
Se crampone à son dos armé de bonnes dents ;
Le loup en rugissant pousse des cris perçants ;
Mais le maître descend : aussitôt de sa poche
Il sort une arme à feu , sur le champ il décoche
Un coup de pistolet au féroce animal ,
Il l'étend roide mort et rémonte à cheval ,
Jurant de retirer des loups sa confiance.
Combien n'en est-il pas aujourd'hui dans la France ?
Combien est-il des gens dans les villes , les cours ,
Que l'on croit des agneaux et ne sont que des ours ?

AVIGNON , de l'Imprim. de L. AUBANEL , Imprimeur-Libraire
de l'Archevêché et du Collége royal.

www.ingramcontent.com/pod-product-compliance
Lightning Source LLC
Chambersburg PA
CBHW061442170626
46811CB00005B/2336